Presque mort

Lisa Ray Turner et Blaine Ray

Adaptation française de
Marie-Cécile "Missy" Fleurant-Freeman

Premier niveau - Livre C
la troisième nouvelle dans une série de quatre
destinée aux élèves débutants

Blaine Ray Workshops
3820 Amur Maple Driv
Bakersfield, CA 93311
Phone: (888) 373-1920
Fax: (661) 665-8071
E-mail: BlaineRay@aol.c
www.BlainerayTPRS.c

et

Command Performance Language Institute
1755 Hopkins Street
Berkeley, CA 94707-2714
U.S.A.
Phone/Fax: 510-524-1191
E-mail: consee@aol.com
www.cpli.net

Presque mort
is published by:

**Blaine Ray
Workshops**,
which features
TPR Storytelling
products
and related
materials.

&

*Command Performance
Language Institute*,
which features
Total Physical Response
products
and other fine products
related to
language acquisition
and teaching.

.

To obtain copies of ***Presque mort***, contact
one of the distributors listed on the final page
or Blaine Ray Workshops, whose contact
information is on the title page.

Cover art by Katherine Wyle.

First edition published October, 2002
Second printing December, 2002
Third printing January, 2004
Fourth printing October, 2004
Fifth printing September, 2005

Printed in the U.S.A. on acid-free paper with soy-based ink.

ISBN 0-929724-70-4

Chapitre un

Ann Henry est une fille ordinaire. Ann a de longs cheveux raides. Elle est intelligente, mais elle n'est pas plus intelligente qu'Einstein. Elle est jolie, mais elle n'est pas plus jolie que Julia Roberts. Elle est jeune. Elle a seize ans. Elle habite à Billerica dans le Massachusetts. Elle va dans une école typique. Son lycée est Billerica Memorial High School. C'est un lycée comme tous les lycées des Etats-Unis.

Ann a une famille typique. Son père s'appelle Robert. Il travaille à Lowell. Il travaille dans un hôpital. Il est infirmier. Sa mère s'appelle Ellen. Elle travaille dans le même hôpital que Robert, comme secrétaire. L'hôpital s'appelle Lowell General Hospital. Ann a un frère et une sœur. Son frère s'appelle Eric et sa sœur s'appelle Julia. Eric a quatorze ans. Il va aussi à Billerica Memorial High School. Julia a onze ans. Elle va à Marshall Middle School. Ann a une famille très gentille. Ils sont très proches.

Ann a une maison normale. C'est une maison de deux étages. Elle est blanche. C'est une maison typique du Massachusetts. La maison a trois chambres, une cuisine et une salle de séjour. La famille d'Ann n'est ni pauvre ni riche. Ils n'ont qu'une voiture. Leur voiture est une Toyota à quatre portières. Elle ne peut donc pas conduire au lycée parce que ses parents en ont besoin pour conduire à leur travail.

Ann a deux amies qui habitent dans la même rue. Elles vont dans le même lycée. Les deux amies ont des familles normales. L'une des amies s'appelle Lisa. Elles l'appellent Lise parce qu'elle étudie le français.

La maison d'Ann est à une heure de la plage. Ann passe tous les week-ends à la plage avec ses amies. Elles passent beaucoup de temps à la plage. Elles écoutent la radio et elles regardent les beaux garçons. Elles aiment aussi jouer au volley et courir sur la plage dans le sable.

Ann aime lire. Elle lit beaucoup. Elle lit

des romans d'amour comme ceux de Ian Fleming. Elle aime aussi lire les livres de John Grisham. Elle aime regarder des films, surtout les films de Julia Roberts et de Meg Ryan. De temps en temps, elle étudie, mais elle n'étudie pas beaucoup. Elle préfère lire.

Ann a beaucoup de classes intéressantes. Elle étudie l'anglais, les arts plastiques, les sciences, les maths, la musique et le français. Le français est son cours préféré. Ann trouve que c'est intéressant d'apprendre de nouveaux mots. Sa prof est Madame Stevens. Elle enseigne le français depuis vingt et un ans. C'est une très bonne prof. Ann aime le français parce que beaucoup de gens parlent français dans le nord des Etats-Unis et le Canada n'est pas très loin. La famille d'Ann ne parle pas français et Ann est la seule de sa famille qui parle français. Du reste, ses parents pensent que s'ils habitent aux Etats-Unis, ils doivent parler anglais. Ann veut parler français. Elle adore parler français, donc elle fait très attention en classe. Elle écoute Madame

Stevens. Elle étudie beaucoup en classe. Elle veut apprendre à très bien parler. C'est pour cela que la classe de français l'intéresse beaucoup.

Un jour, dans sa classe de français, Madame Stevens parle à ses élèves d'une occasion formidable. Elle leur dit : « Il y a une occasion pour un ou une élève d'aller en France pendant trois mois. Il faut faire une demande. Chaque année un élève du lycée de Billerica est sélectionné. »

Après la classe, Ann parle à son prof et lui demande les papiers nécessaires.

Elle les remplit et écrit beaucoup de détails sur sa vie et sur sa passion pour la langue française. Elle envoie les papiers à un homme qui habite à New York.

Deux mois plus tard, Ann reçoit une lettre. Elle est sélectionnée pour aller en France pendant trois mois. La vie d'Ann va changer complètement. Elle va habiter en France avec une famille française. Elle va passer l'été (les mois de juin, juillet et août) dans une ville qui s'appelle Saint-Malo. Comme elle ne sait pas exactement où se trouve Saint-Malo, elle va chercher un livre sur la France à la bibliothèque et elle commence à le lire.

Chapitre deux

Saint-Malo se trouve en Bretagne. La Bretagne est une région de France qui se trouve dans l'ouest de la France. C'est une presqu'île qui s'avance dans l'Océan Atlantique au sud de la Normandie. Quelquefois, le vent souffle très fort, il y a des tempêtes. Le climat est tempéré. Il ne fait pas très chaud en été. Il ne fait pas très froid en hiver. Parce que le climat est doux, on cultive beaucoup de légumes comme les haricots verts, les carottes, les tomates, les petits pois, les artichauts et les choux-fleurs.

La Bretagne est une région très pittoresque. Les maisons sont souvent grises. Elles sont construites de granite gris. Il y a aussi de jolies petites maisons blanches. Toutes les maisons ont des jardins avec beaucoup de belles fleurs de toutes les couleurs. Parce que la Bretagne est une très belle région, il y a beaucoup de touristes, donc beaucoup d'hôtels et de résidences secondaires.

Il y a des plages magnifiques. L'eau est si belle qu'une partie de la Bretagne s'appelle la Côte d'Émeraude parce qu'elle est de la couleur des émeraudes. Quelques plages sont couvertes de sable fin, mais beaucoup de plages ressemblent aux plages du nord des Etats-Unis. Beaucoup d'hommes qui habitent près de la mer sont des pêcheurs. La Bretagne a le marché de poissons le plus important de la France.

La Bretagne a été colonisée par les Celtes. On peut encore voir des menhirs et des dolmens, symboles de la Bretagne. Un menhir est un grand bloc de pierre vertical. Carnac, une petite ville de Bretagne, est célèbre pour ses alignements mégalithiques de cinq mille menhirs semblables aux alignements de Stonehenge où les Celtes s'étaient installés aussi. Les dolmens ressemblent à de grandes tables de pierre.

Il y a des forêts magnifiques en Bretagne, comme la célèbre forêt de Brocéliande où habitait Merlin l'Enchanteur. Les druides habitaient dans ces forêts. Beaucoup de légendes sont d'origine bretonne : Arthur qui devient roi de Bretagne quand il arrache l'épée Excalibur de la pierre. Il se marie avec Guenièvre et crée la Table Ronde où il réunit les meilleurs chevaliers, les Chevaliers de la Table Ronde. La légende de Tristan et Yseult est d'origine bretonne aussi.

Les Bretons, les habitants de la Bretagne, ont un dialecte qui est d'origine celte. Les jours de fête, les Bretonnes portent sur la tête des coiffes très hautes en dentelle. Elles portent aussi des robes noires avec des tabliers de dentelle. Les Bretons portent des costumes noirs avec un gilet brodé et un chapeau noir.

On mange très bien en Bretagne. On mange des crêpes sucrées avec du chocolat, du sucre ou de la confiture. On mange aussi des galettes. Les galettes sont des crêpes de blé noir. On les mange avec du jambon, du fromage, des œufs, des champignons et un tas de bonnes choses. Et bien sûr, on mange du poisson.

Chapitre trois

Ann écrit une lettre à son amie Lise. Lise est en vacances à Tahiti avec sa famille. Ann écrit :

Ma chère Lise,

Je t'écris pour te dire que je suis très heureuse. Je vais en France aujourd'hui. Je vais à l'aéroport cet après-midi. Le voyage va prendre dix heures. Ce n'est pas un vol direct. Je vais arriver à Paris à l'aéroport Charles de Gaulle. Je pars à huit heures et demie ce soir, c'est à dire à vingt heures trente comme on dit en France. Je vais arriver à Paris demain à six heures et demie du matin. Je vais voyager avec la compagnie aérienne Air France. Madame Stevens dit que la nourriture est excellente. On va peut-être manger de la mousse au chocolat et des gâteaux.

Je suis superexcitée. Je suis tellement heureuse.

J'espère que tu passes de bonnes vacances à Tahiti.

Grosses bises,

Ann

Ann va à Boston en voiture. L'aéroport
s'appelle Logan Airport. C'est un assez
grand aéroport, mais il n'est pas aussi
grand que l'aéroport de Los Angeles. Toute
sa famille est avec elle. Sa maman lui dit
d'écouter sa nouvelle famille. Ann est heureuse d'aller à Saint-Malo, mais elle est
triste aussi de quitter sa famille. Elle em-
brasse sa maman et son papa, sa sœur et
même son frère et elle monte dans l'avion.
C'est un grand avion. Il y a plus de 300 personnes à bord de l'avion. Elle écrit une autre
lettre à Lise, une longue lettre.

Ma chère Lise,

Je suis dans un avion d'Air France. Il
est très grand. Beaucoup de passagers parlent français. Je suis assise à côté d'un garçon français qui a le même âge que moi. Il
parle un peu anglais, mais pas beaucoup. Il
me parle de la France. Il me parle de la

Bretagne. Il me dit que les crêpes et les galettes bretonnes sont délicieuses. Il me dit
que les jeunes ne peuvent pas conduire en
France avant l'âge de dix-huit ans. Je ne
vais pas pouvoir conduire, mais ça ne fait
rien parce qu'il y a des autobus.

J'arrive en France. Je suis à l'aéroport
international de Paris. Il s'appelle l'aéroport Charles de Gaulle. Charles de Gaulle
était un général pendant la deuxième
guerre mondiale et plus tard président de la
France de 1958 à 1969. J'ai peur quand je
descends de l'avion, mais une dame qui travaille à l'aéroport m'attend. Elle me conduit
à une autre porte où je prends un autre
avion pour la Bretagne. C'est un petit avion.
J'arrive à Rennes à midi. Je suis fatiguée.
Ma nouvelle famille m'attend. Je les recon-
nais parce que j'ai une photo. La maman
s'appelle Adrian Trévezel et le père s'appelle Yves Trévezel. Ils ont deux filles qui
s'appellent Kristan et Yaëlle. Yaëlle a le
même âge que moi. Kristan est beaucoup
plus jeune que Yaëlle. Je suis heureuse
d'être en Bretagne. Ma nouvelle famille est
sympathique. Nous parlons beaucoup à
l'aéroport.

Nous quittons l'aéroport et nous allons dans un restaurant à Rennes. Le restaurant n'est ni petit ni grand. Les serveuses portent une coiffe de dentelle et une robe noire avec un beau tablier de dentelle aussi. Les serveuses sont très aimables. Je suis surprise parce que je vois un chien dans le restaurant. Il dort sous une table. Monsieur Trévezel m'explique que les chiens peuvent aller au restaurant s'ils restent sous les tables et ne bougent pas. Je suis très fatiguée, mais j'ai faim. Je prends un croque-monsieur et une glace à la vanille. Un croque-monsieur est un sandwich chaud au jambon et au fromage. Il est délicieux. Les Trévezel mangent du poisson. Dans le restaurant, tout le monde parle. Je ne comprends pas beaucoup de mots, mais je suis heureuse parce que je suis en France et dans quelques semaines, je vais comprendre les conversations.

Nous faisons le tour de la ville. C'est une grande ville, mais pas aussi grande que Boston. Il y a plus de 200.000 habitants. Rennes est une ville ancienne, mais il y a un métro tout neuf. Il y a de vieilles maisons intéressantes. Nous passons devant l'Hôtel de Ville et l'Opéra. Ensuite nous passons devant l'université et nous allons à Saint-Malo. Monsieur Trévezel me dit qu'il y a des personnes célèbres qui sont originaires de Saint-Malo : Jacques Cartier, l'explorateur, Chateaubriand, l'écrivain et des ...corsaires. Les corsaires sont des pirates. Saint-Malo est célèbre pour ses corsaires.

Je suis fatiguée, mais je ne dors pas. Je suis superexcitée.

Rennes est à 73 kilomètres de Saint-Malo. Monsieur Trévezel conduit vite sur la RN 137. RN veut dire Route Nationale. Tout le monde conduit vite en France. Il voit une station-service. Il a besoin d'essence. Il achète de l'essence. L'essence est très chère. Elle coûte plus d'un euro le litre, c'est à dire environ $4.50 le gallon. Il y a un grand restaurant à côté de la station-service et un joli parc pour les enfants. Il y a aussi un magasin où on vend des bonbons et des gâteaux et beaucoup de spécialités de la région. On y vend aussi des sandwichs, des boissons, des livres et des journaux et beaucoup d'autres choses nécessaires quand on voyage.

Nous arrivons à la maison des Trévezel. Elle n'est pas très grande. C'est une maison blanche avec un petit jardin plein de fleurs de toutes les couleurs. Dans la maison, il y a trois chambres, une salle de bains, une cuisine, une salle à manger et une salle de séjour. J'ai ma propre chambre. Je suis fatiguée et je dors.

Demain, nous allons au Mont Saint-Michel. Le Mont Saint-Michel est sur une petite île. Tout en haut se trouve une vieille abbaye médiévale. Elle est magnifique. Pour monter à l'abbaye, on marche dans une toute petite rue étroite. Il y a de petits restaurants et des magasins où on vend un tas de souvenirs. Il y a beaucoup de touristes de tous les pays du monde.

J'ai beaucoup de choses à te dire, mais je n'ai plus le temps de t'écrire aujourd'hui.

Grosses bises,

Ann

Chapitre quatre

L'histoire commence le premier jour où Ann va au lycée de Saint-Malo. Ann n'est pas médecin, mais aujourd'hui, elle sauve une vie. Elle sauve la vie de Paul Lebrun. Les étudiants parlent, rient et crient à la cantine du lycée. Personne ne désire mourir. Personne. Un élève trouve presque la mort aujourd'hui au lycée. Paul Lebrun ne désire pas mourir. Il n'essaie pas de mourir, mais il meurt presque. Pendant qu'il mange un morceau de viande, il s'étrangle. Il ne peut pas respirer. Il essaie de crier pour appeler à l'aide, mais il ne peut pas crier. Personne ne voit Paul. Personne ne voit jamais Paul. Paul n'a pas d'amis au lycée. C'est un nouvel élève qui vient de Normandie, au nord de la Bretagne. Paul va en classe tout seul. Il fait tout, tout seul. Aujourd'hui, Paul est tout seul, naturellement. Il mange. Il mange un morceau de viande. Son visage est bleu, mais personne ne le voit. Personne ne le voit, personne sauf Ann Henry. Ann regarde Paul. Elle voit que Paul a les mains sur sa gorge. Ann voit qu'il y a quelque chose qui ne va pas. Ann regarde son amie Yaëlle et crie :

« Yaëlle, regarde donc Paul ! Il y a quelque chose qui ne va pas ! Paul a des problèmes !

— Oui, le pauvre Paul n'a pas d'amis. Il est toujours tout seul, répond Yaëlle.

— Non, regarde ! Il a un gros problème en ce moment. Tu vois, il a le visage tout bleu.

— Je ne sais pas pourquoi il n'a pas d'amis. C'est probablement parce qu'il est nouveau, » explique Yaëlle.

Il n'y a qu'une personne qui voit le visage bleu de Paul. Elle voit que Paul a un gros problème : il ne respire pas. Ann court vers Paul et crie :

« Tu peux respirer, Paul ? »

Paul fait signe que non, mais il ne répond pas. Il ne dit rien parce qu'il ne peut pas parler. Il ne peut pas respirer. Paul a très peur.

Ann sait ce qu'il faut faire pour aider Paul. Elle met ses bras autour de Paul et elle pousse. Elle pousse sur l'estomac de Paul avec force. Beaucoup d'élèves les regardent. Un morceau de viande sort de la bouche de Paul. La viande frappe la chemise de Jean Vilain. Jean Vilain est le garçon le plus grand et le plus fort du lycée et c'est aussi le plus méchant. Tout le monde a peur de lui. Paul n'a pas peur : il est heureux d'être en vie.

Paul regarde Ann et dit : « Merci, je suis heureux d'être en vie. Je suis en vie à cause de toi. » Maintenant il y a beaucoup de monde autour d'Ann. Il y a des élèves et des professeurs. Les professeurs crient : « C'est formidable ! Paul est encore en vie à cause d'Ann ! » Ann est une héroïne, mais elle est gênée.

C'est l'après-midi et beaucoup d'élèves rentrent à la maison. Ann et Paul sont seuls. Paul lui parle : « Merci de m'avoir sauvé la vie.

— De rien. Je suis contente de pouvoir t'aider, » lui dit Ann. Paul prend la main d'Ann et la regarde dans les yeux : « Je veux te remercier encore une fois.

— Tu n'as pas besoin de me remercier. Ce n'est rien. »

Ils marchent tous les deux ensemble et tout à coup ils voient Yannick Vilain qui s'approche d'eux. Yannick Vilain est beaucoup plus grand que Paul. Yannick Vilain est comme un géant à côté de Paul. Il touche les cheveux de Paul et il le menace : « Ne t'approche jamais plus de moi ! Reste loin de moi ! Espèce d'imbécile ! » Il regarde Paul méchamment. Finalement, il part. Ann et Paul sont contents. Paul marche avec Ann. Il la remercie encore une fois. Ann veut simplement rentrer à la maison. Quand elle est chez elle, elle écrit une autre lettre à Lise et décrit l'incident.

Ma chère Lise,

Tu ne vas pas croire ce que je vais t'écrire. Je suis à l'école aujourd'hui quand je vois un garçon qui ne peut pas respirer. Son visage est bleu. Je cours vers lui. Je l'aide. Il a un morceau de viande dans la gorge. Je frappe fort sur son estomac. Finalement la viande sort de sa bouche et le garçon ne meurt pas. Le garçon s'appelle Paul Lebrun. Mais il y a un problème. Le morceau de viande frappe la chemise d'un garçon qui est très fort et très méchant. Maintenant il veut se battre avec Paul qui est beaucoup plus petit que lui. Ce garçon s'appelle Yannick Vilain.

Je pense beaucoup à Paul. Je ne sais pas pourquoi. Je vais t'écrire une autre fois.

Grosses bises,

Ann

Chapitre cinq

Ann et Yaëlle mangent et parlent. Pendant qu'elles mangent, Paul s'approche d'elles. Yaëlle sourit et lui dit : « Salut, Paul ! Assieds-toi avec nous si tu veux ! » Ann est contente quand Paul s'assied près d'elle. Ann est contente parce que Paul est en vie. Ann est contente parce qu'elle peut parler à Paul. Paul regarde Ann.

« Salut, Ann, ça va ? Je ne suis pas bleu aujourd'hui et je ne m'étrangle pas. Je vais beaucoup mieux, » dit-il.

Paul mange une galette au jambon et au fromage. Yaëlle se lève et dit :

« Je m'en vais. J'ai un tas de choses à faire. Ciao ! »

Ann parle avec Paul.

« Je préfère te voir quand tu n'es pas bleu et que tu respires. »

Ils continuent de parler. Ils parlent de la Bretagne. Ils parlent de la Normandie. Ils parlent de l'école. Ann dit qu'elle est surprise parce qu'il n'y a pas d'école le mercredi après-midi et aussi parce qu'il n'y a pas de soirées au lycée. Ils parlent de leur cours de français. Ann demande pourquoi on dit ciao en Bretagne et jamais adieu. Paul lui explique qu'on dit adieu quand on ne va plus jamais voir cette personne. Adieu est final.

« Ah ! Maintenant je comprends. Quand je retourne aux Etats-Unis, si je pense que je ne vais jamais retourner en Bretagne, je dis adieu. C'est ça ?

— Mais oui, précisément, répond Paul.

— Maintenant je comprends, » dit Ann.

Paul lui parle de la musique bretonne. On joue de la cornemuse comme en Écosse, mais les Bretons ne portent pas de kilts comme les Écossais quand ils jouent de la cornemuse. Il lui dit que les Bretons écoutent toutes sortes de musique. Ils écoutent de la musique américaine comme Air Supply ou Britney Spears. Ils écoutent du rock anglais. Ils écoutent la musique anglaise et américaine même s'ils ne comprennent pas les paroles.

Paul dit à Ann :

« J'aime bien parler avec toi. Tu parles bien français pour une Amerloque.

— Qu'est-ce que c'est une Amerloque ? demande Ann.

— C'est une Américaine. C'est un mot d'argot qui décrit quelqu'un qui vient des Etats-Unis.

— Je comprends, dit Ann.

— Tu comprends beaucoup de choses. Je n'ai pas d'amis à Saint-Malo parce que je suis nouveau. Tous mes amis habitent en Normandie, à Honfleur.

— Parle-moi de Honfleur, demande Ann.

— Honfleur est une belle petite ville. C'est un port célèbre qui est juste en face de Cherbourg. Tu connais le film « Les Parapluies de Cherbourg ? » Catherine Deneuve joue dans ce film. Elle est très belle. C'est un film triste, mais beau. Il y a des musées et de vieilles églises à Honfleur. Il y a des maisons qui datent du quinzième siècle. Honfleur est une ville ancienne.

Paul parle encore de Honfleur, mais Ann l'interrompt et demande :

« Pourquoi est-ce que tu habites à Saint-Malo ?

— Parce que mon père travaille à Saint-Malo maintenant. Saint-Malo est une ville intéressante. C'est une beaucoup plus grande ville que Honfleur. J'aime bien Saint-Malo. Il y a beaucoup de choses à faire, mais je n'ai pas encore d'amis ici. »

Pendant qu'ils parlent, Yannick Vilain, s'approche d'eux. Il est grand et fort, grand et fort comme un gorille. Il rit méchamment et dit : « Alors, Paul ? Tu respires encore ? »

Paul boit du lait. Yannick Vilain saisit le lait de Paul et le renverse sur la chemise de Paul. Ann crie : « Arrête ! »

Paul crie : « Tu es un imbécile ! »

Paul est très fâché, mais il reste calme. Il n'aime pas Yannick Vilain. Il n'aime pas les gens comme Yannick Vilain. Paul nettoie sa chemise avec sa serviette. Yannick rit fort et part.

« Yannick est idiot. Yannick est bête. Je ne l'aime pas. Il a besoin d'aller sur une planète où il n'y a personne, » dit Paul.

Ann aide Paul à nettoyer sa chemise. Paul lui dit merci quand elle a fini.

Ils se lèvent tous les deux et vont chacun dans leur classe. Ann essaie de penser à son cours, mais elle ne peut pas se concentrer. Ann pense à Paul.

Elle pense à ses yeux, à ses cheveux et à sa personnalité. Elle pense à la fin de l'école. C'est bientôt les vacances et elle pense à la fête du 14 juillet.

Ma chère Lise,

Tu ne vas pas le croire, mais aujourd'hui je parle à Paul à l'école. On parle de la Bretagne et de la Normandie, de la musique, de l'école et d'un tas de choses. Pendant que nous parlons, Yannick Vilain arrive. Yannick saisit le lait de Paul et le renverse sur la chemise de Paul. Paul et moi, nous sommes très fâchés. Nous nettoyons la chemise de Paul. Nous n'aimons pas Yannick. Il est méchant et idiot.

Grosses bises,

Ann

Chapitre six

Ann ne parle pas à Paul pendant une semaine. Elle le voit à l'école mais ne lui parle pas. Elle ne le voit pas après les cours. Elle le voit une seule fois, mais il est trop loin. Il ne la voit pas. Ann ne parle pas à Paul, mais elle pense à lui. Pourquoi est-ce qu'elle pense à Paul ? Il n'est pas son ami. Il est assez beau, mais Brad Pitt est plus beau. Pourquoi Ann pense-t-elle donc à lui ? Elle se demande pourquoi il ne lui parle pas après les cours. Est-ce que Paul se souvient d'elle ? Bien sûr, il pense certainement beaucoup à elle. Elle lui a sauvé la vie !

Enfin, un jour, Ann voit Paul Lebrun. C'est l'heure du déjeuner. Ann et Yaëlle mangent à la cantine. Aujourd'hui, il y a du poisson. Ann trouve le poisson très bon. Yaëlle et elle mangent du poisson et parlent des garçons.

« Avec qui vas-tu à la fête le 14 juillet ? demande Ann.

— Ann, ici, on sort en groupe. On va à la fête en groupe. Si tu veux passer ton temps avec un beau garçon, il faut aller à la fête, mais il y a tellement de fêtes que c'est un problème. Il faut demander où sont toutes les fêtes et à quelles fêtes les garçons vont. Je sais qu'il y a une fête chez Yannick Vilain, chez Kerrian Le Nozach et chez Kaourant Couvaël.

— Je ne vais pas à la fête de Yannick Vilain. J'ai peur de lui, dit Ann.

— Je ne veux pas y aller non plus. Sa fête ne m'intéresse pas et lui non plus, explique Yaëlle. Allons à la fête de Kerian Le Nozach. Il est gentil et il n'est pas mal. »

Ann mange son poisson. Elle réfléchit et dit :

« Yaëlle, je désire aller à une fête, mais je veux voir Paul à la fête. Paul est gentil et il est vraiment beau.

— Paul Lebrun ? Le nouveau ? Le garçon qui est presque mort en mangeant un morceau de viande ? Le garçon à qui tu as sauvé la vie au lycée l'autre jour ?

— Oui.

— Ann, le problème est qu'il est nouveau. Il n'a pas d'amis. Tout le monde va à la fête avec ses amis. Paul n'a pas d'amis. Il ne va probablement pas aller à la fête, » explique Yaëlle en mangeant son poisson.

« Yaëlle, on peut aller au bal à la salle des fêtes, non ? C'est un grand bal. Comme Paul est nouveau, il va peut-être aller à la salle des fêtes, » répond Ann.

Paul voit les filles. Il s'approche d'elles. Il s'assied et leur dit bonjour. Les filles parlent des fêtes. Ann regarde Paul et elle lui demande :

« Tu vas à une des fêtes pour célébrer le 14 juillet ? Il y a un tas de fêtes à Saint-Malo.

— Il y a beaucoup de fêtes à Honfleur aussi, mais je suis nouveau. Je ne sais pas où il faut aller.

— Yaëlle dit qu'il y a une grande fête à la salle des fêtes. Il y a un grand bal. Tout le monde danse. On mange des crêpes et il y a un tas de boissons et d'autres choses à manger. C'est une fête formidable. Tout le monde s'amuse.

— Très bien, je vais y aller alors. Merci.

Ciao. » Paul se lève et part.

Les deux filles lui disent au revoir.

Ma chère Lise,

J'ai parlé à Paul aujourd'hui. C'est la première fois que je lui parle depuis l'incident où il est presque mort.

Il y a une grande fête pour célébrer le 14 juillet. C'est la fête nationale. Les Français commémorent la prise de la Bastille comme nous célébrons le 4 juillet. Il y a des bals partout. Les gens dansent même dans la rue le soir. Je pense que Paul va aller au bal à la salle des fêtes. Je suis heureuse. Je veux danser avec lui. Encore deux jours de classe et nous sommes en vacances et dans deux semaines, c'est la fête !

Grosses bises,

Ann

Chapitre sept

Le 14 juillet est un jour très important en France. Il y a un défilé militaire dans toutes les villes. La fanfare défile avec les soldats et joue de la musique. Tout le monde met un drapeau français devant sa maison. A la télévision, on peut regarder un grand défilé militaire qui a lieu à Paris sur les Champs-Elysées. Il dure plusieurs heures. Tout le monde mange un très bon déjeuner. Le déjeuner dure deux ou trois heures. Le soir, il y a des bals partout. Il y a des orchestres dans les rues. Les gens dansent dans les rues. Tout le monde s'amuse et bien sûr, il y a aussi des feux d'artifice comme le 4 juillet aux Etats-Unis.

Aujourd'hui, Ann, Yaëlle et Paul vont aller au bal à la salle des fêtes. Ann est un peu inquiète parce qu'elle n'est jamais allée au bal à Saint-Malo. C'est une nouvelle expérience pour elle. Elle se regarde dans la glace. Oui, ses cheveux sont beaux, mais

comment est son maquillage ? Bien aussi.
Et ses vêtements ? Elle porte une jupe courte
bleu marine et un joli petit pull blanc. De
quoi est-ce qu'elle va parler à la fête ? Elle
est un peu inquiète.

Ann pense à Paul. Elle est heureuse
parce que Yannick ne va pas être au bal.
Ann n'aime pas Yannick. Il n'est pas gentil. Il se moque toujours de tout le monde,
surtout de Paul. Il se moque de Paul tous les
jours au lycée et il l'appelle idiot et imbécile.
Paul ne répond pas. Il ne fait pas attention à
Yannick parce qu'il ne veut pas avoir de
problèmes au lycée. Ann essaie de ne pas
penser à Yannick. Elle est prête. Avant de
partir, elle parle à son 'père adoptif' Yves
Trévezel. Il veut savoir où Ann va passer la
soirée.

« Où vas-tu ? Tu vas au bal ? Avec qui
est-ce que tu vas au bal ? Avec Yaëlle ? A
quel bal est-ce que tu vas ? »

Ann lui explique qu'elle va au bal avec
Yaëlle et leurs amies Marielle et Nathalie.
Elles vont au bal à la salle des fêtes et elles
vont peut-être danser dans la rue aussi.

Yves Trévezel lui dit : « Amuse-toi bien ! Rentre avant minuit ! D'accord ? A tout à l'heure !

— Oui, à tout à l'heure. »

Ann est inquiète et superexcitée à la fois. Elle va chez Marielle à pied. Quand elle arrive, Marielle lui dit bonjour. Les filles se font une bise sur la joue et elles partent. En marchant à la salle des fêtes, elles parlent des différences entre la France et les Etats-Unis. Ann explique que les classes se terminent souvent au mois de mai ou au début juin. Elle dit qu'il fait beaucoup plus froid en hiver dans le Massachusetts qu'en Bretagne et que les étés sont plus chauds aussi. Elles parlent des vacances et de leurs projets. Marielle va aller en Grèce avec sa famille pendant deux semaines. Elles parlent du cinéma et de la musique. Ann est contente d'avoir des amies comme Yaëlle et Marielle. Yaëlle et Marielle la comprennent. Elle peut leur parler facilement.

Elles arrivent à la salle des fêtes. Le bal commence à neuf heures. Il n'y a pas encore beaucoup de monde. Ann est inquiète.

Yaëlle lui explique que les gens vont bientôt arriver, que personne n'arrive à l'heure juste. On dit que la fête commence à une certaine heure, mais tout le monde arrive plus tard.

La salle est bien décorée. Il y a des tables avec des fleurs et des drapeaux. Il y a beaucoup de drapeaux français. Le drapeau français est bleu, blanc et rouge. Il n'est pas aussi intéressant que le drapeau américain avec ses cinquante étoiles.

Un peu plus tard, la salle commence à se remplir. L'orchestre joue de la musique populaire. Beaucoup de monde danse. Il y a des jeunes qui dansent en groupe. Ann voit quelques professeurs du lycée. Tout à coup, Ann voit Paul. Il s'approche de ses amies et dit : « Salut, ça va ?

— Salut, Paul ! » répond Ann avec beaucoup d'enthousiasme. Ann fait un grand sourire à Paul. Elle est tellement heureuse de le voir.

« On danse ? J'aime bien cette musique, » dit Paul.

Ann et Paul dansent. Ann pense que la

musique est différente ici, mais elle l'aime bien. Ils dansent longtemps. Il y a des danses lentes, mais il y a aussi de la musique rapide. Ils sont fatigués. Ils arrêtent de danser et vont vers les tables. Ils vont prendre quelque chose à boire et à manger. Paul passe son bras autour d'Ann et lui dit : « Tu danses bien.

— Toi aussi, » répond Ann. Ils rient. L'ambiance de la fête est bonne. Ann est heureuse d'être dans une autre ville, dans un autre pays, dans une autre culture et surtout d'être avec Paul. Ann voit que Yaëlle parle avec un groupe d'amis. Paul et Ann vont leur parler. Ann dit :

« J'adore les crêpes. Elles sont délicieuses. Qui les fait si bien ?

— Ma tante Brendana les fait, répond Brianne, une fille du groupe.

— Elles sont excellentes.

— Ma tante fait des crêpes chaque année pour cette fête, » explique-t-elle.

Ils ont tous faim et ils mangent des crêpes et boivent du cidre ou du coca. Ils sont assis tout autour d'une table et parlent.

Ann et Paul s'assoient aussi et parlent avec Yaëlle et les autres. Ann est heureuse parce qu'elle est avec Paul. Paul n'a pas de problèmes avec les jeunes du groupe. Il n'a de problèmes avec personne sauf Yannick Vilain. C'est une soirée très agréable comme Yannick n'est pas là. Ann pense que c'est la meilleure fête de sa vie.

Malheureusement, sa joie ne dure pas longtemps. En effet, Yannick arrive à la fête. Ann et Paul ne le voient pas parce qu'ils bavardent et ils lui tournent le dos, mais leurs amis le voient. Yannick se dirige droit vers Ann et Paul alors qu'ils bavardent. Quand Ann le voit, elle est tout à coup de mauvaise humeur. Yannick sourit méchamment et dit :

« Salut, tout le monde ! Salut, idiot ! Alors, c'est comment la fête ? On s'amuse bien ?

— C'était bien, crient-ils tous en même temps.

— Ah oui, je vois. Vous dansez parce que la musique est bonne. Vous mangez parce qu'il y a des bonnes choses à manger. Peut-être que Paul va mourir cette-fois-ci ! Il va peut-être s'étrangler encore une fois, le pauvre !

— Écoute, arrête ! J'en ai assez ! Ne parle pas comme ça. Ça ne me plaît pas ! Je n'aime pas ça du tout. Allez, arrête, lui dit Paul.

— Va le dire à ta maman, hein, Paul ? Pauvre petit ! » dit Yannick.

Il passe son bras autour d'Ann et parle comme un bébé :

« Pauvre petite Ann ! Je ne suis pas gentil ! Ann ne m'aime plus ?

— Arrête ! C'est fini ! J'en ai assez ! Va-t-en ! » crie Paul.

Yannick est contre Ann maintenant. Yannick est si grand. Ann a peur.

Paul se lève et crie : « Assez ! » Il s'approche d'Ann et lui demande : « Tu veux danser, Ann ?

— Volontiers, » répond-elle.

Ils dansent tous les deux pendant très longtemps parce qu'ils ne veulent pas voir Yannick. La fête est gâchée à cause de Yannick, mais Ann est heureuse parce qu'elle danse longtemps avec Paul. Ann, Yaëlle et Nathalie rentrent à la maison à onze heures et demie. Monsieur Trévezel est content parce qu'elles rentrent de bonne heure. Ann écrit à Lise.

Ma chère Lise,

Ce soir, je suis allée au bal du 14 juillet. C'était bien la plupart du temps, mais malheureusement, Yannick Vilain est arrivé. La fête a été gâchée. Je suis rentrée à onze heures et demie. 'Mon père' était content parce que je suis rentrée de bonne heure.

Je déteste Yannick. Il n'est heureux que quand il fait du mal à quelqu'un, surtout à Paul. Je ne comprends pas pourquoi il est si méchant. Heureusement que c'est les vacances maintenant. Je ne vais pas le voir souvent.

Bisous,

Ann

Chapitre huit

Ann est très triste. C'est sa dernière journée à Saint-Malo. Elle retourne en Californie demain. Elle se demande si elle pourra voir Yaëlle et Paul un jour. Elle a tellement d'amis formidables à Saint-Malo. Ils ne parlent jamais de la fête. Ils ne parlent jamais de Yannick Vilain. Ils parlent des matchs de football et des nouveaux films. Ils parlent d'Ann parce qu'elle s'en va demain.

Paul, Ann et Yaëlle sont de très bons amis maintenant. Ils vont à la plage ensemble. Ils font des promenades sur les remparts. Ils font les magasins parce qu'il y a beaucoup de belles petites boutiques à Saint-Malo. Ils se promènent sur les remparts et regardent la mer. Ils parlent des corsaires. Ils vont aux fest-noz qui sont des fêtes où on danse des danses bretonnes traditionnelles et où on chante de vieilles mélodies. Ils vont au café et ils s'assoient à la terrasse pour regarder les touristes. Il y a beaucoup de touristes de toutes les nationalités. Quelquefois ils regardent la télé ensemble. Ils s'amusent bien. Aujourd'hui, ils sont au restaurant. Ils bavardent, quand tout à coup Ann voit Yannick. Yannick est seul. Yannick est très seul. Ann est un peu triste parce que Yannick n'a pas beaucoup d'amis. Elle ne veut pas penser à Yannick. Elle est toujours fâchée parce qu'il a gâché la fête. Ann regarde Yannick. Yannick ne semble pas aller bien. Quelque chose ne va pas. Yannick est malade. Le visage de Yannick est drôle. Son visage est ...bleu. Un visage bleu ? Est-ce qu'il s'étrangle ?

« Paul, regarde Yannick là-bas ! Il y a quelque chose de drôle. Quelque chose ne va pas.

— S'il te plaît Ann, je ne veux pas regarder Yannick. Je suis malade de le regarder.

— Non, Paul. Regarde ! Ça ne va pas, il est malade.

— Ann, Yannick ne peut pas respirer. Il ...

— S'étrangle. »

Paul ne peut pas répondre parce qu'il

court vers Yannick pour l'aider. Ann y va aussi. Ils n'aiment pas Yannick, mais Yannick risque de mourir.

« Yannick ? Tu peux respirer ? Tu t'étrangles ? »

Yannick fait signe que non, il ne peut pas respirer. Yannick a peur. Son visage est vraiment bleu maintenant. Paul va derrière Yannick. Il passe ses bras autour de Yannick. Il pousse fort sur son estomac. Un morceau de viande sort de la bouche de Yannick. Le morceau de viande tombe par terre et Yannick peut respirer maintenant. Il y a beaucoup de monde tout autour d'eux. Ils regardent Yannick. Quelqu'un demande :

« Il est malade ? Qu'est-ce qu'il a ?

— Yannick est mort ? demande un garçon.

— Non, Yannick va bien maintenant. Il peut respirer, ça va maintenant, » répond Paul.

Yannick s'assoit à une table. Il a du mal à respirer, mais il respire. Son visage est normal. Il n'est plus bleu, mais Yannick a encore peur.

« Ça va Yannick ? »

Yannick hoche la tête mais ne dit rien. Il boit un peu d'eau. Il est gêné et il ne dit rien.

« Ça va Yannick ? Réponds-moi !

— Oui, ça va, ça va ! »

Yannick baisse les yeux. Il est très gêné. Paul et Ann vont à leur table quand ils entendent Yannick dire : « Attendez ! » Ils attendent, mais Yannick ne dit rien. Après quelque instants, Yannick dit quelque chose très bas, si bas que personne ne comprend.

« Qu'est-ce que tu dis, Yannick ? Je ne t'entends pas, dit Paul.

— Tu m'as sauvé la vie, Paul. Merci.

— De rien. »

Paul et Ann retournent à leur table quand ils entendent Yannick dire :

« Paul, p...

— Quoi ? Je ne t'entends pas.

— Paul, pard...

— Paul, je ne te comprends pas. Qu'est-ce que tu dis ?

— Pardon. Pardon pour tout ce que je t'ai fait, » dit-il à voix basse.

Ann sourit. Yannick demande pardon à Paul ? Yannick qui est si méchant ? C'est incroyable ! Et Paul répète :

« Yannick, je ne te comprends pas. Tu veux bien répéter ? Tu ne parles pas assez fort.

— Je te demande pardon pour tout ce que je t'ai fait, dit-il un peu plus fort.

— Quoi ? dit Ann.

— Paul, je te demande pardon pour tout ce que je t'ai fait. »

Cette fois, Yannick crie. Tout le monde peut l'entendre dans le restaurant.

« Ce n'est pas grave, » dit Paul.

Ann regarde Yannick. Yannick est tout seul. Yannick n'a pas d'amis. Il a besoin d'amis. Elle va vers lui et lui demande : « Tu veux t'asseoir avec nous ? » Yannick se lève et va à leur table en souriant. Il s'assoit et leur parle.

Le lendemain, beaucoup de camarades de lycée vont à l'aéroport. Quand Ann monte dans l'avion, tout le monde crie : « Au revoir, Ann ! Bon voyage ! Écris-nous souvent ! »

Ann est triste parce qu'elle quitte la Bretagne. Elle quitte ses amis, mais maintenant elle comprend vraiment ce que les mots 'au revoir' et 'adieu' veulent dire.

FIN

La série

Presque mort est la troisième nouvelle dans une série de quatre destinée aux élèves débutants. Autre série de quatre textes pour les élèves de deuxième ou troisième année existe. Vérifiez auprès de Blaine Ray Workshops ou Command Performance Language Institute (voir p. *i*).

The Series

Presque mort is the third novella in a series of four for first-year French students. Another series of four novellas exists for beginning students. Check availability with Blaine Ray Workshops or Command Performance Language Institute (see p. *i*).

L'Adaptatrice

Marie-Cécile "Missy" Fleurant-Freeman, qui a adapté *Presque mort* au français, est professeur de français à Russellville High School dans l'Arkansas depuis 26 ans. Elle y a également enseigné l'allemand et l'anglais. Elle est née en France où elle a fait sa scolarité. Elle est l'adaptatrice de *Le Voyage perdu* et coéditrice de *Pauvre Anne*, *Fama va en Californie*, *Le Voyage de sa vie* et *Vive le taureau!*

The Adapter

Marie-Cécile "Missy" Fleurant-Freeman, who adapted *Presque mort* to French, has been a French teacher at Russellville High School in Russellville, Arkansas, for 26 years. She has also taught German and English. She was born and raised in France. She is the adapter of *Le Voyage perdu* and co-editor of *Pauvre Anne*, *Fama va en Californie*, *Le Voyage de sa vie*, and *Vive le taureau!*

Les auteurs

Lisa Ray Turner est une romancière lauréate américaine qui écrit en langue anglaise. Sœur de Blaine Ray, elle enseigne la composition et la musique. Elle habite au Colorado.

Blaine Ray est le créateur de la méthodologie dite « TPR Storytelling ». Il est également l'auteur de divers matériaux pédagogiques essentiels à l'enseignement du français, espagnol, allemand et anglais. Il enseigne cette méthodologie dans toute l'Amérique du Nord. Tous ses articles sont disponibles à Blaine Ray Workshops (voir p. *i*).

The Authors

Lisa Ray Turner is a prize-winning American novelist who writes in English. She teaches writing and music and is the sister of Blaine Ray. She lives in Littleton, Colorado.

Blaine Ray is the creator of the language teaching method known as TPR Storytelling and author of numerous materials for teaching French, Spanish, German and English. He gives workshops on the method throughout North America. All of his books, videos and materials are available from Blaine Ray Workshops (see page *i*).

DISTRIBUTORS
of Command Performance Language Institute Products

Sky Oaks Productions
P.O. Box 1102
Los Gatos, CA 95031
(408) 395-7600
Fax (408) 395-8440
TPRWorld@aol.com
www.tpr-world.com

Miller Educational Materials
P.O. Box 2428
Buena Park, CA 90621
(800) MEM 4 ESL
Free Fax (888) 462-0042
MillerEdu@aol.com
www.millereducational.com

Canadian Resources for ESL
15 Ravina Crescent
Toronto, Ontario
CANADA M4J 3L9
(416) 466-7875
Fax (416) 466-4383
thane.ladner@sympatico.ca
www.eslresources.com

Multi-Cultural Books & Videos
29280 Bermuda Lane
Southfield, MI 48076
(800) 567-2220
(248) 948-9999
Fax (248) 948-0030
service@multiculbv.com
www.multiculbv.com

Applause Learning Resources
85 Fernwood Lane
Roslyn, NY 11576-1431
(516) 365-1259
(800) APPLAUSE
Toll Free Fax
    (877) 365-7484
applauselearning@aol.com
www.applauselearning.com

*Independent Publishers
    International (IPI)*
Sunbridge Bldg. 2F
1-26-6 Yanagibashi,
Taito-ku, Tokyo,
JAPAN 111-0052
Tel: +81-(0)3-5825-3490
Fax: +81-(0)3-5825-3491
contact@indepub.com
www.indepub.com

Calliope Books
Route 3, Box 3395
Saylorsburg, PA 18353
Tel/Fax (610) 381-2587

Berty Segal, Inc.
1749 E. Eucalyptus St.
Brea, CA 92821
(714) 529-5359
Fax (714) 529-3882
bertytprsource@earthlink.net
www.tprsource.com

Entry Publishing & Consulting
P.O. Box 20277
New York, NY 10025
(212) 662-9703
Toll Free (888) 601-9860
Fax: (212) 662-0549
lyngla@earthlink.net

Sosnowski Language Resources
13774 Drake Ct.
Pine, CO 80470
(303) 838-0921
(800) 437-7161
Fax (303) 816-0634
orders@SosnowskiBooks.com
www.sosnowskibooks.com

International Book Centre
2391 Auburn Rd.
Shelby Township, MI 48317
(810) 879-8436
Fax (810) 254-7230
ibcbooks@ibcbooks.com
www.ibcbooks.com

Varsity Books
1850 M St., NW—Suite 1150
Washington, DC 20036-5803
(202) 667-3400
Fax (202) 332-5498
www.varsitybooks.com

SpeakWare
2836 Stephen Dr.
Richmond, CA 94803
(510) 222-2455
leds@speakware.com
www.speakware.com

Authors & Editors
10736 Jefferson Blvd. #104
Culver City, CA 90230
(310) 836-2014
authedit@comcast.net

Continental Book Co.
625 E. 70th Ave., Unit 5
Denver, CO 80229
(303) 289-1761
Fax (800) 279-1764
cbc@continentalbook.com
www.continentalbook.com

Alta Book Center
14 Adrian Court
Burlingame, CA 94010
(650) 692-1285
(800) ALTAESL
Fax (650) 692-4654
Fax (800) ALTAFAX
info@altaesl.com
www.altaesl.com

*Midwest European
    Publications*
8124 North Ridgeway Ave.
Skokie, IL 60076
(847) 676-1596
Fax (888) 266-5713
Fax (847) 676-1195
info@mep-eli.com
www.mep-eli.com

BookLink
465 Broad Ave.
Leonia, NJ 07605
(201) 947-3471
Fax (201) 947-6321
booklink@intac.com
www.intac.com/~booklink

Carlex
P.O. Box 81786
Rochester, MI 48308-1786
(800) 526-3768
Fax (248) 852-7142
www.carlexonline.com

Continental Book Co.
80-00 Cooper Ave. #29
Glendale, NY 11385
(718) 326-0560
Fax (718) 326-4276
www.continentalbook.com

David English House
6F Seojung Bldg.
1308-14 Seocho 4 Dong
Seocho-dong
Seoul 137-074
KOREA
Tel (02)594-7625
Fax (02)591-7626
hkhwang1@chollian.net
www.eltkorea.co.kr

Tempo Bookstore
4905 Wisconsin Ave., N.W.
Washington, DC 20016
(202) 363-6683
Fax (202) 363-6686
Tempobookstore@usa.net

Delta Systems, Inc.
1400 Miller Parkway
McHenry, IL 60050
(815) 36-DELTA
(800) 323-8270
Fax (800) 909-9901
custsvc@delta-systems.com
www.delta-systems.com

Multi-Cultural Books & Video
12033 St. Thomas Cres.
Tecumseh, ONT
CANADA N8N 3V6
(519) 735-3313
Fax (519) 735-5043
service@multiculbv.com
www.multiculbv.com

MBS Textbook Exchange
2711 West Ash
Columbia, MO 65203
(573) 445-2243
(800)325-0530
www.mbsbooks.com

*Clarity Language Consultants
    Ltd.*
(Hong Kong and UK)
PO Box 163, Sai Kung,
HONG KONG
Tel (+852) 2791 1787
Fax (+852) 2791 6484
www.clarity.com.hk

World of Reading, Ltd.
P.O. Box 13092
Atlanta, GA 30324-0092
(404) 233-4042
(800) 729-3703
Fax (404) 237-5511
polyglot@wor.com
www.wor.com

Secondary Teachers' Store
3519 E. Ten Mile Rd.
Warren, MI 48091
(800) 783-5174
(586)756-1837
Fax (586)756-2016
www.marygibsonssecondary
teachersstore.com

Teacher's Discovery
2741 Paldan Dr.
Auburn Hills, MI 48326
(800) TEACHER
(248) 340-7210
Fax (248) 340-7212
www.teachersdiscovery.com